MIGUEL DE CERVANTES

Dom Quixote
em Quadrinhos

LILLO PARRA
SAMUEL BONO
LAÍS BICUDO

Principis

Esta é uma publicação Principis, selo exclusivo da Ciranda Cultural
© 2023 Ciranda Cultural Editora e Distribuidora Ltda.

Título da obra original
Don Quijote de la Mancha

Autor da obra original
Miguel de Cervantes

Editora
Michele de Souza Barbosa

Edição de Quadrinho
Daniel Esteves

Roteiro
Lillo Parra

Produção editorial
Ciranda Cultural

Desenho e arte-final
Samuel Bono

Cor
Laís Bicudo

Balões
Cadu Simões

Revisão
Audaci Junior

Dados Internacionais de Catalogação na Publicação (CIP) de acordo com ISBD

C419d Cervantes, Miguel de.

    Dom Quixote HQ / Miguel de Cervantes. - Jandira, SP : Principis, 2023.
    96 p. il. ; 15,80cm x 23,00. - (Clássicos em quadrinhos)

    ISBN: 978-65-5097-071-0

    1. Histórias em quadrinhos. 2. Espanha. 3. Aventura. 4. Sátira. 5. Mente. 6. Bom humor. I. Título. II. Série.

2023-1407   CDD 741.5
                         CDU 741.5

Elaborado por Lucio Feitosa - CRB-8/8803

Índice para catálogo sistemático:
1. Histórias em quadrinhos 741.5
2. Histórias em quadrinhos 741.5

1ª edição em 2023
www.cirandacultural.com.br
Todos os direitos reservados.
Nenhuma parte desta publicação pode ser reproduzida, arquivada em sistema de busca ou transmitida por qualquer meio, seja ele eletrônico, fotocópia, gravação ou outros, sem prévia autorização do detentor dos direitos, e não pode circular encadernada ou encapada de maneira distinta daquela em que foi publicada, ou sem que as mesmas condições sejam impostas aos compradores subsequentes.

AI! UI! O QUE SERÁ DE MIM?

POR VEZES É ASSIM A VIDA DE UM CAVALEIRO, SANCHO: O BEM É PAGO COM O MAL!

AO MENOS NOS POUPARAM A VIDA.

E AGORA, MEU SENHOR, O QUE FAREMOS?

PROCURAREMOS UMA CLAREIRA TRANQUILA...

...E, SE NOSSOS CORPOS ALQUEBRADOS NOS PERMITIREM, TENTEMOS UM BOM REPOUSO.

AI! UI!

— VEJA, SANCHO! EU DISSE QUE TAL LUME ERA FOGO! QUEM SERÁ QUE ESTÁ POR AQUI?

— NÃO SEI, MEU SENHOR, MAS POSSO AFIRMAR QUE ESTÁ QUASE NU.

— E QUE TAMBÉM ESTARÁ MAIS POBRE AO FIM DESTA NOITE!

— BOA NOITE, SENHORES! POSSO ESQUENTAR-ME AO FOGO.

— FIQUE À VONTADE, PASTOR! ESTE FOGO PARECE ATRAIR AS ALMAS DESGARRADAS DA NOITE.

— SABE A QUEM PERTENCEM ESSAS VESTES?

— AH... SÃO DE CARDÊNIO, POBRE ALMA...

— E QUE DESGRAÇA SE ABATEU SOBRE SUA ALMA?

— ENLOUQUECEU POR AMOR E HOJE ANDA SEMINU PELAS MONTANHAS, A CLAMAR POR SUA AMADA E JURANDO VINGANÇA A QUEM O TRAIU.

— ENDOIDOU, É?

— COMPLETAMENTE. VIVE AOS CANTOS PEDINDO O QUE COMER.

— E POR QUE NÃO COMPRA SUA PRÓPRIA COMIDA?

— O POBRE-DIABO NEM DEVE MAIS SABER O QUE É DINHEIRO.

— SINTO MUITÍSSIMO EM SABER DISSO...

— DAI-ME UM POUCO DE VOSSA COMIDA.

— SENTE-SE, JOVEM. E NOS CONTE UM POUCO DE SUA HISTÓRIA.

— MINHA HISTÓRIA? SIM... VOU CONTÁ-LA.

ESTAVA EU ENAMORADO DO AMOR DA MINHA VIDA, A JOVEM LUCINDA. QUANDO MEU AMIGO, O NOBRE DOM FERNANDO, NUM ATO DE TRAIÇÃO SEM IGUAL, DELA FICOU NOIVO.

E DESDE ENTÃO VIVO A AMALDIÇOÁ-LOS!

DAI-ME UM POUCO DE VOSSA COMIDA?

TRISTE GAROTO, CUJA DOR DE UM AMOR PERDIDO O CONSOME!

HÁ! HÁ! HÁ! HÁ! HÁ! HÁ! HÁ! HÁ!

— PENSO TALVEZ SE EU NÃO ESTEJA ACOMETIDO DO MESMO MAL.

— SENHOR, NÃO DIGA ISSO!

— SANCHO, ACREDITA QUE UM HOMEM PODE ESTAR A TAL PONTO ENLOUQUECIDO, QUE JÁ NÃO ENXERGA O QUE É REAL E O QUE É ILUSÃO?

— E NÃO FOI O QUE O DOIDO DE ONTEM NOS PROVOU?

— JÁ TOMEI MINHA DECISÃO! COMO O POBRE CARDÊNIO, REFUGIAR-ME-EI NAS MONTANHAS.

— E COMO OS CAVALEIROS DE OUTRORA, REFLETIREI SOBRE MINHA POBRE CONDIÇÃO.

— MAS... MAS... E MINHA ILHA?

— INSOLENTE! TENHO A TI UMA MISSÃO MUITO MAIS IMPORTANTE DO QUE GOVERNOS E IMPÉRIOS...

DE ESCUDEIRO E FUTURO GOVERNADOR A ENTREGADOR DE CARTAS!
MAIS AZARADO NÃO HAVERIA DE SER!
POR NOSSO DEUS! AQUELE NÃO É SANCHO PANÇA?
PELOS INFERNOS! É ELE MESMO!!!
O QUE SIGNIFICA ISSO, SENHOR PANÇA?
ONDE ESTÁ DOM QUIJANO?
O QUE FAZ O ROCINANTE SEM SUA MONTARIA?
CONTE-NOS A VERDADE!
VALHA-ME, DEUS!
VOCÊ O ASSASSINOU, NÃO FOI?
EU... EU... EU...

— PERDOEM-ME, MAS NÃO PUDE CUIDAR DE DOM QUIXOTE COMO DEVERIA...

— MEU MESTRE ENLOUQUECEU E SE REFUGIOU NAS MONTANHAS.

— ENTÃO, ELE ESTÁ VIVO?

— O QUE ESTAMOS ESPERANDO? VAMOS BUSCÁ-LO!

— NÃO SERÁ TAREFA FÁCIL... EU MESMO ESTOU IMPEDIDO DE VOLTAR ATÉ QUE ENTREGUE A CARTA QUE ELE ESCREVEU À DULCINEIA DEL TOBOSO.

— E ONDE ESTÁ A CARTA?

— ORA... ESTÁ BEM...

— POR MIL GIRASSÓIS! ELE NÃO ME ENTREGOU A CARTA!

— NÃO TE PREOCUPES COM ISSO! TENHO UM PLANO. VAMOS ATÉ A VENDA, LÁ HÁ DE CONSEGUIRMOS UMAS ROUPAS DE MULHER E UM RABO DE BOI QUE NOS SIRVA DE BARBA.

TEM CERTEZA QUE ISSO DARÁ CERTO, SENHOR?
E COMO PODERIA DAR ERRADO? UMA PRINCESA EM PERIGO, PRECISANDO DO AUXÍLIO DE UM CAVALEIRO, SERÁ O SUFICIENTE PARA TIRÁ-LO DE SEU DELÍRIO!
OU PARA ENLOUQUECÊ-LO DE VEZ, VESTIDOS DE MANEIRA TÃO EXTRAVAGANTE!
AAAHHHH!!!
E QUEM É ESTE?
UM POBRE DOIDO CHAMADO CARDÊNIO!
ENGANA-SE, SENHOR SANCHO! NUNCA ESTIVE MAIS LÚCIDO.
E AO RECOBRAR A SANIDADE, DESTE POR FALTA DE ALGO?
E POR QUE NOS SEGUIA?
NÃO OS SEGUIA, ENCONTREI-OS AO ACASO. MAS SE PROCURAM O CAVALEIRO ANDANTE, SEI ONDE ELE ESTÁ!

— MAS ISSO É MARAVILHOSO! LEVE-NOS ATÉ ELE, ENTÃO!

— QUEM SERÁ A DONA DESSA MARAVILHOSA VOZ?

— MAS QUEM SÃO VOCÊS? AVISO: NADA TRAGO COMIGO A NÃO SER MINHA VIRTUDE E MINHA DOR!

NÃO LHE FAREMOS MAL, TENS MINHA PALAVRA. MAS, DIGA-NOS, QUAL DOR A AFLIGE?

CHAMO-ME DOROTEIA E CARREGO A DOR DE VER MEU AMOR, DOM FERNANDO, CASAR-SE COM OUTRA.

DOM FERNANDO? ENTÃO, NÃO ESTÁ SOZINHA EM SEU SOFRIMENTO, SENHORA! POIS A MULHER A QUEM ELE TOMARÁ COMO ESPOSA É A LUZ QUE ILUMINA OS MEUS DIAS.

AJUDAR-ME-EI ENTÃO? DIZEM QUE ELE ESTÁ POR ESTAS PARAGENS.

COM TODAS AS FORÇAS DO MEU SER!

E O QUE FAZ ESTE HOMEM VESTIDO DESSA MANEIRA?

SOU UMA PRINCESA!

— ENTÃO ESSE CAVALEIRO, DOM QUIXOTE, ESTÁ ENLOUQUECIDO E TU SERÁ UMA PRINCESA?

— EXATO! E ENTÃO NÓS O LEVAREMOS À NOSSA ALDEIA, ONDE SUA SOBRINHA MAL DORME, DE TANTA PREOCUPAÇÃO.

— ENTÃO POR QUE, EM LUGAR DE TÃO MAL AJAMBRADA PRINCESA, NÃO UTILIZAM A MIM, PAPEL QUE FARIA DE BOM GRADO?

— MAS É PERFEITO! ELE DE NADA DESCONFIARIA!

— ENTÃO ACORDADO ESTÁ! PASSEM-ME OS DETALHES DESSA AVENTURA ONDE SEREI A PRINCESA.

— EU NÃO ENTENDI AINDA, ELA É UMA PRINCESA OU UMA DONZELA?

— ELA É UMA DONZELA, FINGINDO SER UMA PRINCESA, QUE FINGE SER UMA DONZELA, FINGINDO SER UMA PRINCESA.

?!

— ESPERE O MOMENTO CERTO, SANCHO!

— Ô, GENTIL CAVALEIRO! SOU UMA POBRE PRINCESA EM BUSCA DE JUSTIÇA.

— MINHA SENHORA, DE ONDE SAÍSTES?

— MEU TRONO FOI ROUBADO POR UM GIGANTE TERRÍVEL E SÓ *O CAVALEIRO DA TRISTE FIGURA* PODERÁ RETOMÁ-LO!

MEU SENHOR!
MAS QUE PRODÍGIO É ESSE AGORA?
ESTA É A PRINCESA MICAMIDELA, DO REINO DE MICAMIDÃO.
AJUDE-ME, NOBRE CAVALEIRO!
MAS... MAS...
É UMA PRINCESA!
EM PERIGO!
EU... EU...
SÓ O SENHOR...
...PODERÁ SALVAR O REINO!
MAS... EU...
VOCÊS TÊM RAZÃO! É MEU DEVER COMO CAVALEIRO!

PRINCESA! FINALMENTE A ENCONTRAMOS!

TEMÍAMOS POR VOSSA SEGURANÇA!

QUE CURIOSA COMITIVA, TEM ATÉ UM DOIDO VARRIDO!

SÃO TODOS DA MAIS ABSOLUTA CONFIANÇA, MEU AMO!

DIGA-ME SANCHO: ENTREGOU A CARTA À MINHA FORMOSA SENHORA?

SIM... SIM... CARTA ENTREGUE!

TERÁS A OPORTUNIDADE DE ME CONTAR, MAS AGORA...

APONTE-ME A DIREÇÃO, PRINCESA, E JURO-TE DAR A MINHA VIDA, SE PRECISO FOR!

DORMIREMOS AQUI ESTA NOITE.
COM VOSSA PERMISSÃO, SENHORA, RETIRAREI-ME A MEUS APOSENTOS!
PRECISO RECUPERAR FORÇAS PARA AS AVENTURAS QUE NOS AGUARDAM!
ELE ACREDITOU!
EM CADA PALAVRA!
AGORA, DEVOLVAM MINHAS ROUPAS E ESSE RABO DE BOI!

— ESTALAJADEIRO! PRECISO DE QUARTOS!

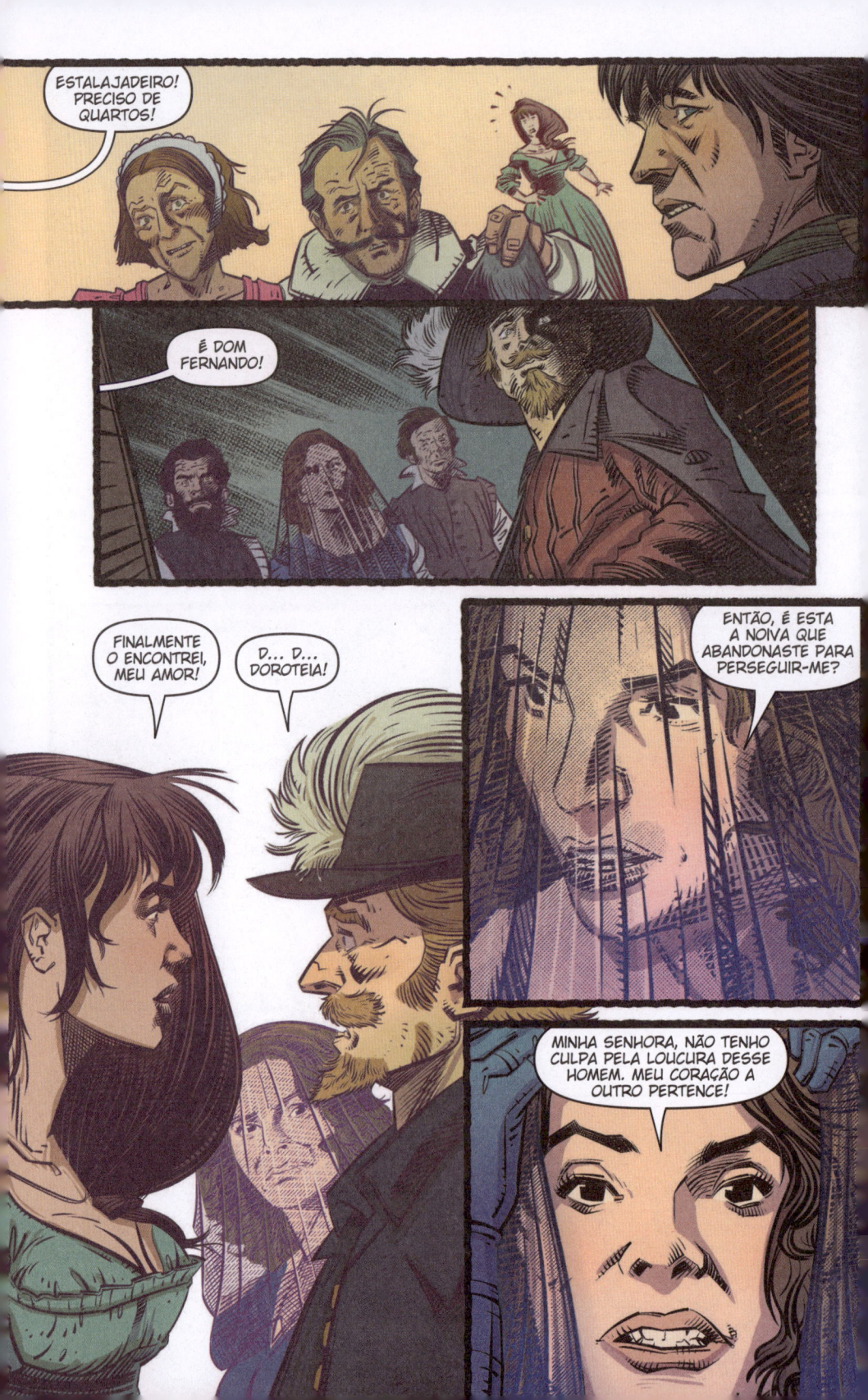

— É DOM FERNANDO!

— FINALMENTE O ENCONTREI, MEU AMOR!

— D... D... DOROTEIA!

— ENTÃO, É ESTA A NOIVA QUE ABANDONASTE PARA PERSEGUIR-ME?

— MINHA SENHORA, NÃO TENHO CULPA PELA LOUCURA DESSE HOMEM. MEU CORAÇÃO A OUTRO PERTENCE!

LUCINDA!
CARDÊNIO, MEU AMOR!
ENTÃO É ISTO: CAI O VÉU DA MINHA VILANIA! O AMOR QUE EU ABANDONEI E A LOUCURA DE UM AMOR QUE NÃO É MEU, FRENTE A FRENTE POR OBRA DO DESTINO.
PERDOE-ME, DOROTEIA, SE AINDA HOUVER TEMPO.
SIM, MEU QUERIDO. EU O PERDOO!
E TUDO ACABA DA FORMA QUE DEVERIA SER!
ACUDAM! É UM GIGANTE!!!
TUM!
TUK!
CRASH!

— TOME, NEFASTO VILÃO!

— ELE ESTÁ DELIRANDO!

— MEU VINHO!

— ACORDE, DOM QUIJANO!

— PRINCESA MICAMIDELA, PODE VOLTAR AO SEU REINO! O GIGANTE ESTÁ MORTO!

PUF!

— O ESTADO DELE PIORA! O QUE FAREMOS.

— URGE RETORNARMOS A LA MANCHA! MAS COMO VOLTAREMOS COM UM ENFERMO?

— TRAGO DINHEIRO COMIGO. POSSO AUXILIÁ-LOS.

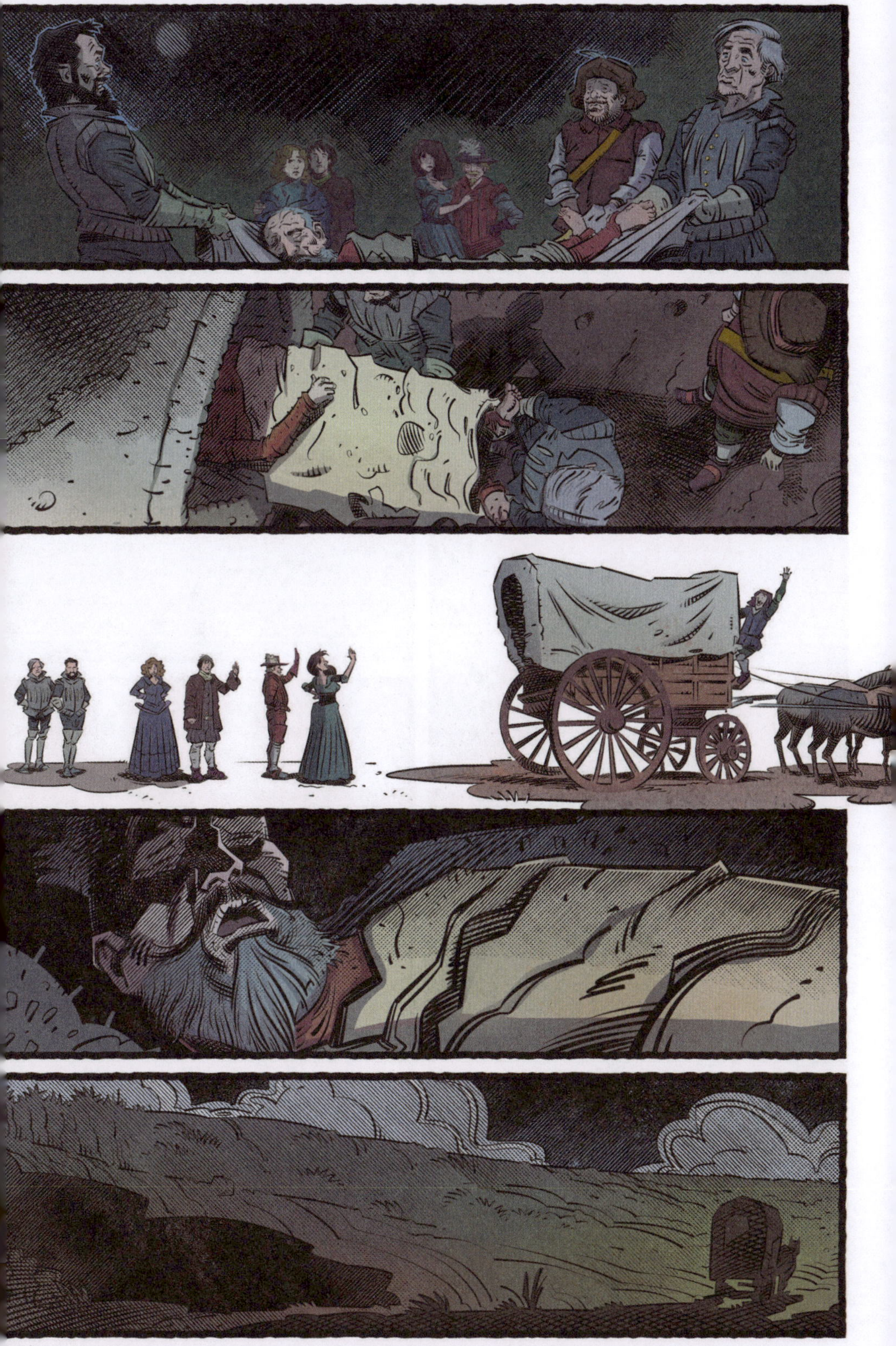

É DOM QUIJANO!

O CAVALEIRO?

DOM QUIXOTE!

TIO!!!

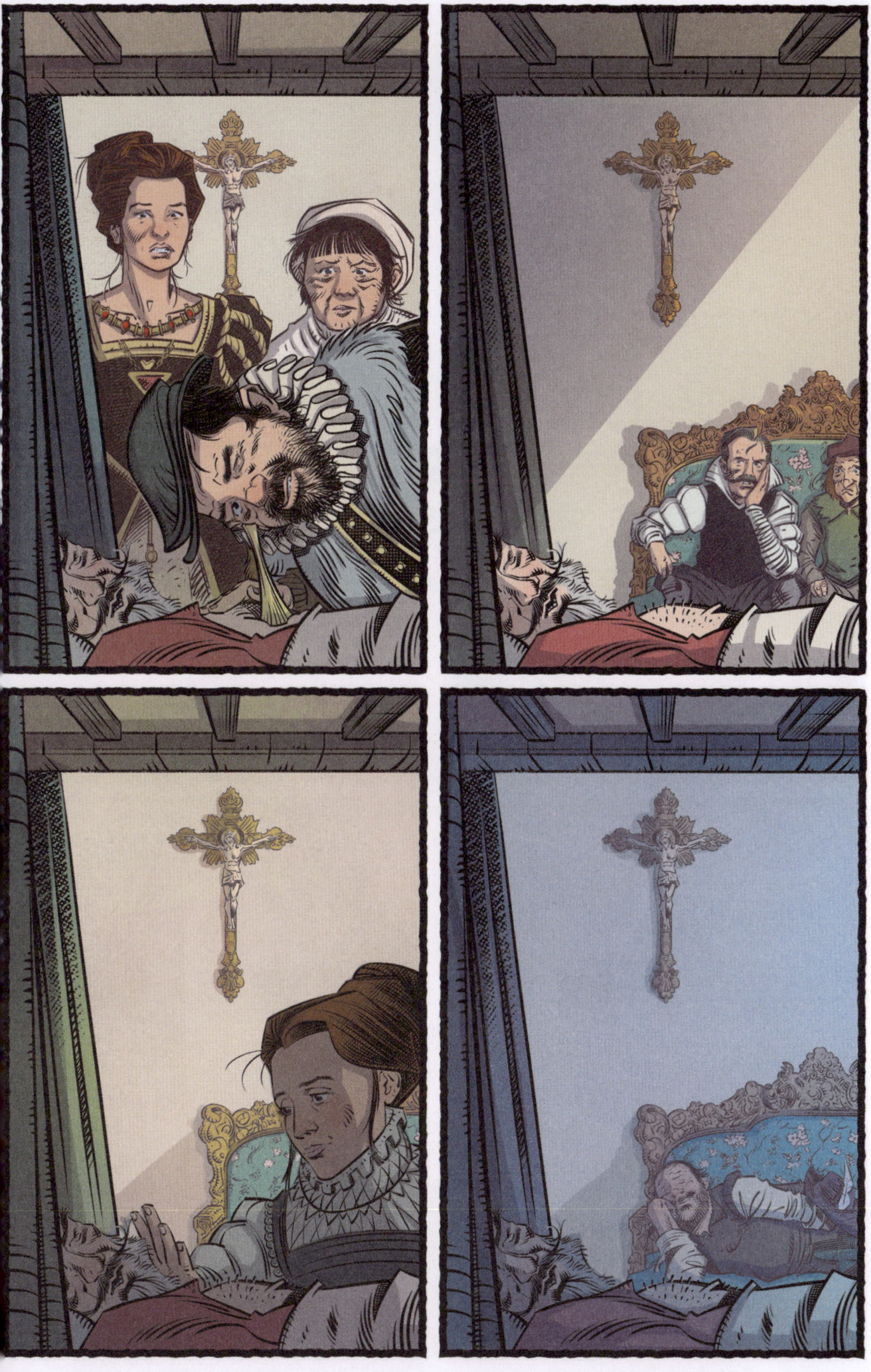

Panel 1
— SANCHO!
— MESTRE!

Panel 2
— CONTE-ME TUDO! OS OUTROS NADA ME DIZEM.
— TOMAM-NO POR LOUCO, SENHOR! E ESTÃO CUIDANDO PARA QUE SE CURE, POR ISSO O SILÊNCIO.

Panel 3
— ORA! DE LOUCO NADA TENHO. LOUCOS ESTÃO ELES EM TENTAREM IMPEDIR-ME DE CUMPRIR MEU DESTINO!

Panel 4
— AINDA MAIS AGORA, DEPOIS DO LIVRO.
— LIVRO? QUE LIVRO?

Panel 5
— "O ENGENHOSO FIDALGO DOM QUIXOTE DE LA MANCHA"! DIZEM QUE É UM SUCESSO EM TODO O MUNDO.
— QUEM LHE CONTOU ISSO?

QUEM ME CONTOU FOI O JOVEM BACHAREL **SANSÃO CARRASCO**.
UM LIVRO! QUEM TERÁ ESCRITO?
TRAGA ESSE JOVEM EM MINHA PRESENÇA IMEDIATAMENTE!
TIO?
COMO ESTÁ SE SENTINDO NESTA MANHÃ?
AINDA MUITO FRACO, MINHA QUERIDA...

— MAS ISTO É MAGNÍFICO! E QUE RIQUEZA DE DETALHES!

— SÓ PODE SER OBRA DE ENCANTAMENTO, POIS TODAS NOSSAS AVENTURAS AQUI ESTÃO!

— O AUTOR, CID HAMETE BENENGELI, ACERTOU MUITOS FATOS, CONFORME CONTOU-ME SANCHO.

— E O POVO ESTÁ ÁVIDO POR NOVAS AVENTURAS, DOM QUIXOTE.

— NOVAS AVENTURAS?

— SIM. E SÓ O SENHOR PODE DÁ-LAS!

— OBRIGADO PELA VISITA, MEU JOVEM! ESPERO ENCONTRÁ-LO NUMA OUTRA OPORTUNIDADE.

— FOI UM IMENSO PRAZER CONHECÊ-LO, SENHOR!

SANCHO! SELE O ROCINANTE! NÃO DEIXE NINGUÉM VÊ-LO.

MAS SENHOR... SUA SOBRINHA...

SEJA DISCRETO E MINHA SOBRINHA DE NADA SABERÁ!

S... S... SIM SENHOR!

ESPERE-ME À MEIA-NOITE, NA SAÍDA DA CIDADE.

E LEMBRE-SE: NÃO CONTE NADA A NINGUÉM!

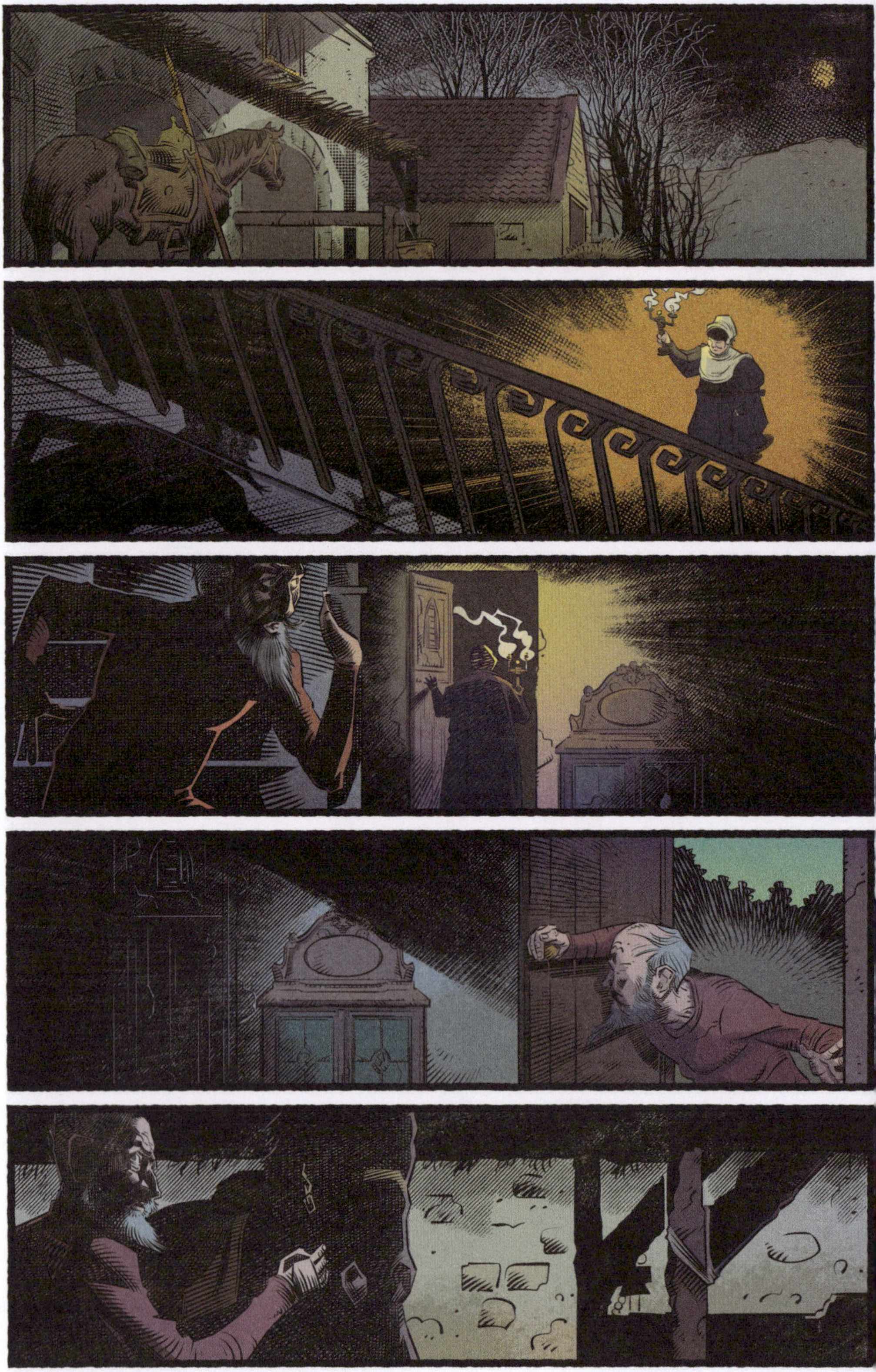

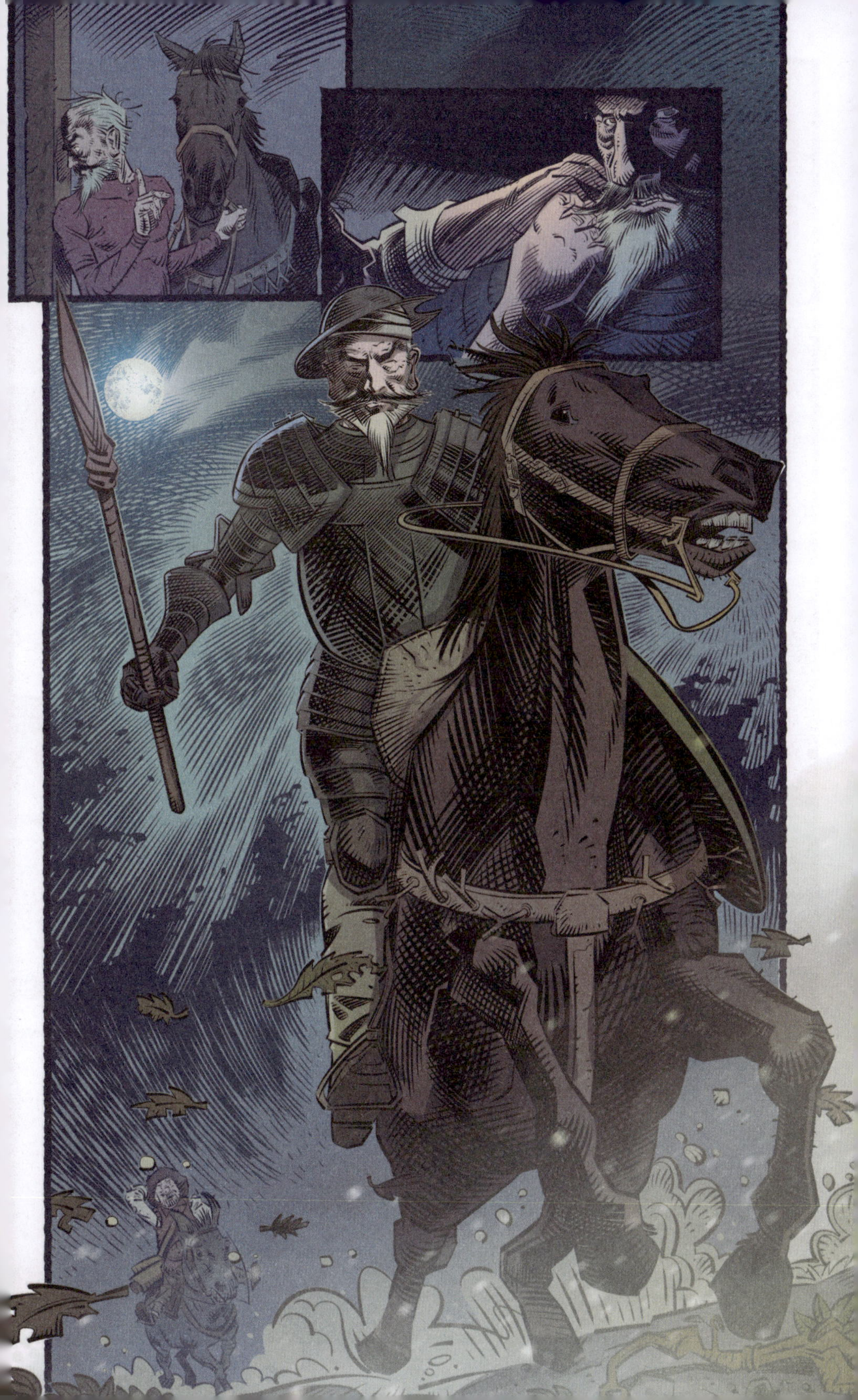

— AINDA TEREI MINHA ILHA, SENHOR?

— E O TÍTULO DE GOVERNADOR, SANCHO!

— VEJA! UMA NOVA AVENTURA.

— O QUE TRAZES CONTIGO, HOMEM?

— SÃO LEÕES! ENCOMENDADOS PELO GOVERNADOR DE ORÃ.

— LEÕES! NADA MAIS DIGNO DE UM DESAFIO DO QUE FERAS IRRACIONAIS.

— ABRAM AS JAULAS!

— SENHOR, POR TODOS OS ANJOS, DESISTA DO DESAFIO.

— ACHO MELHOR OUVIR SEU ESCUDEIRO, CAVALEIRO.

— BOBAGEM! AINDA NÃO NASCEU BESTA CAPAZ DE INFLIGIR-ME MEDO.

ROOOAARRR!!!

— AFASTEM-SE!

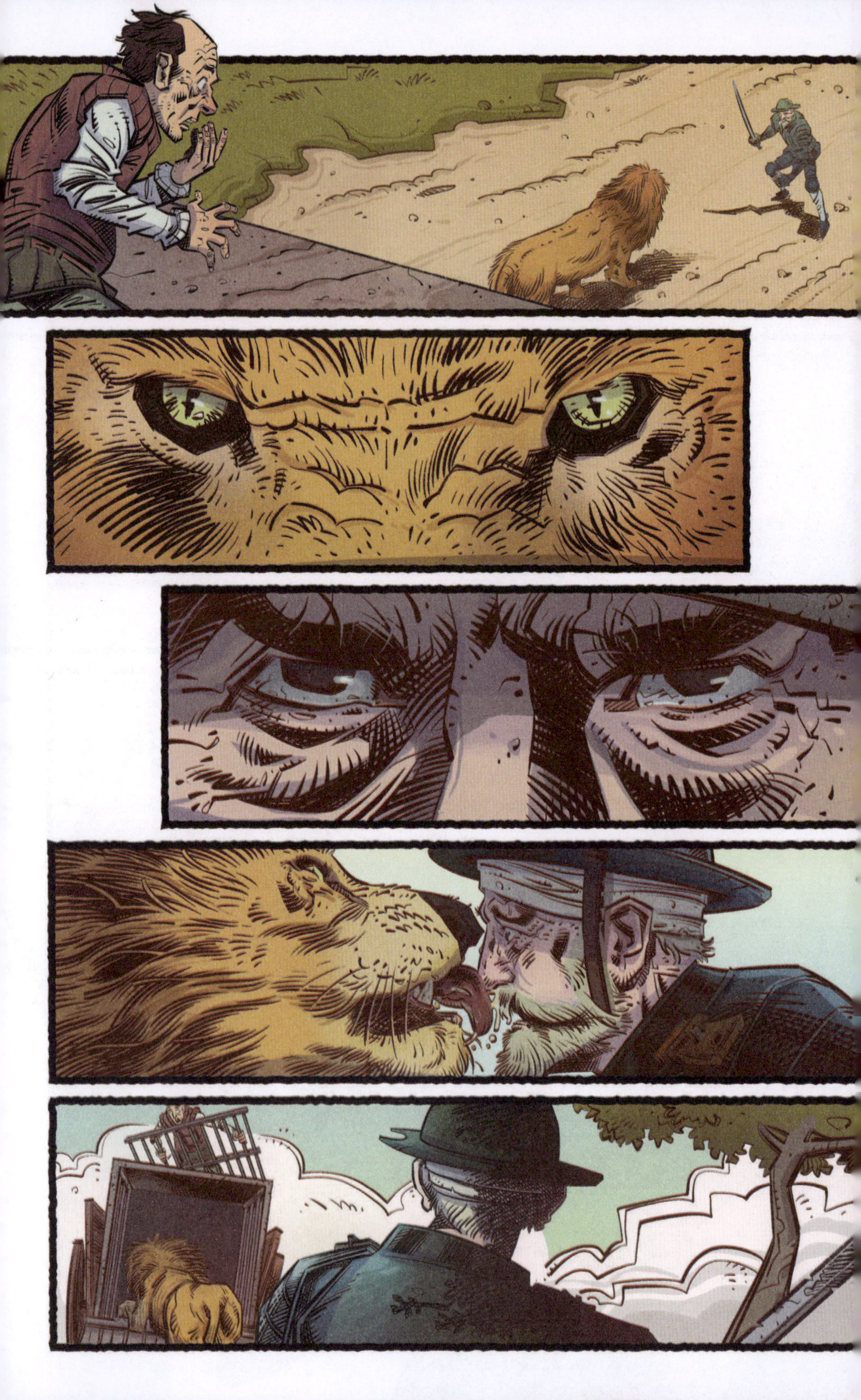

CLANC!

O LEÃO FUGIU DE MEDO.

NUNCA VI TAMANHA VALENTIA!

O LEÃO FUGIU DE MEDO.

QUE, A PARTIR DE HOJE, EU SEJA CONHECIDO POR TODOS COMO O "CAVALEIRO DOS LEÕES"!

VAMOS, SANCHO! NÃO TEMOS TEMPO A PERDER.

MAS PARA ONDE VAMOS AGORA, MESTRE?

PARA A CAVERNA DE MONTESINOS!

— O QUE FAZEMOS AQUI?

— COMPRAREMOS CORDA PARA NOSSA MISSÃO.

— ESSA TAL CAVERNA É MESMO ENCANTADA?

— DIZEM QUE O PRÓPRIO MONTESINOS ESTÁ LÁ ENTERRADO.

— E NÃO É PERIGOSO?

— EU DESCONHEÇO PERIGOS NESTE MUNDO!

— ACHO QUE AGUARDAREI DO LADO DE FORA...

— JÁ IMAGINAVA ISSO, FIEL ESCUDEIRO.

CHEGAMOS!

NÃO SOLTE A PONTA DA CORDA EM MOMENTO ALGUM! E, EM UMA HORA, PUXE-ME DE VOLTA.

SIM SENHOR.

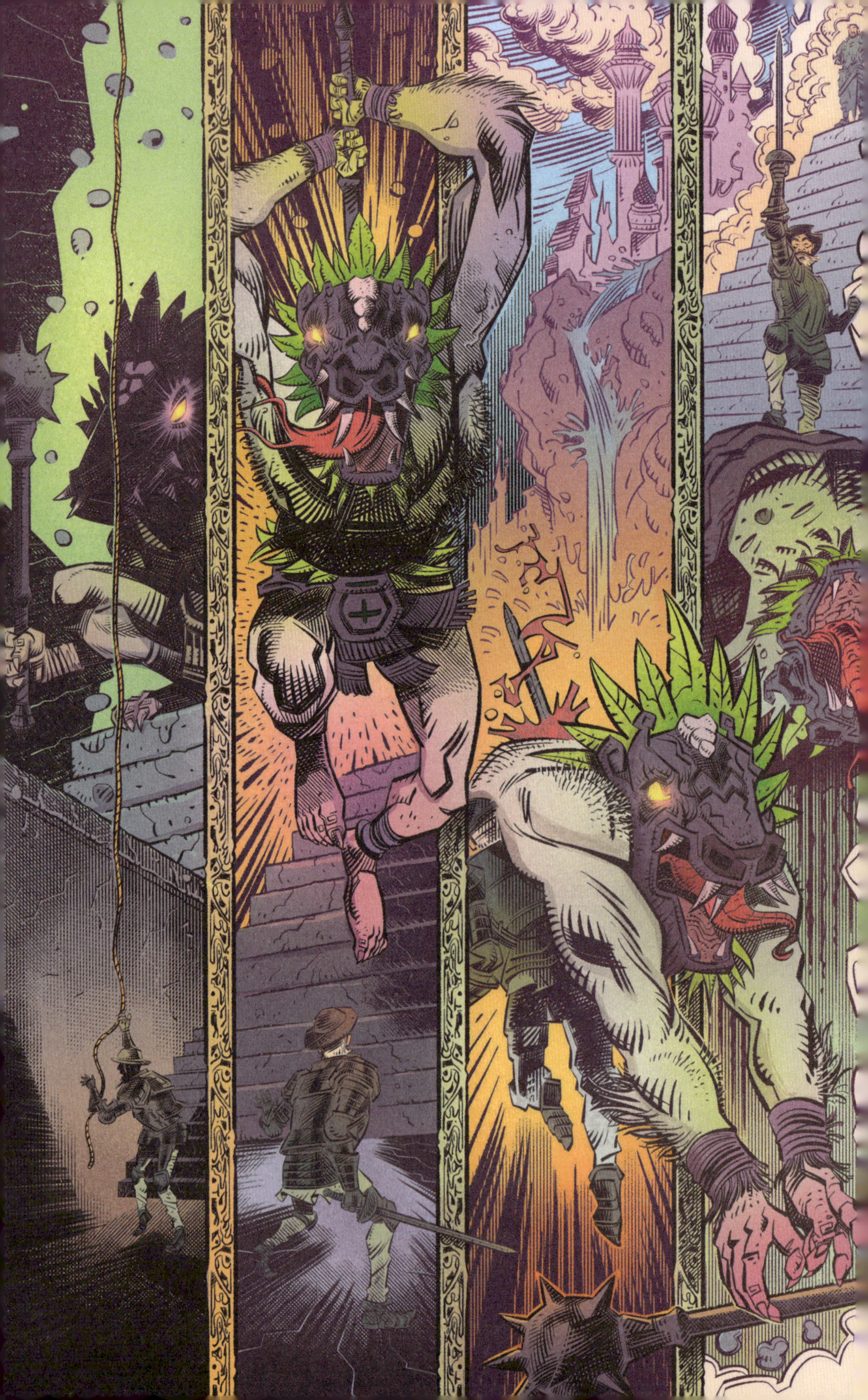

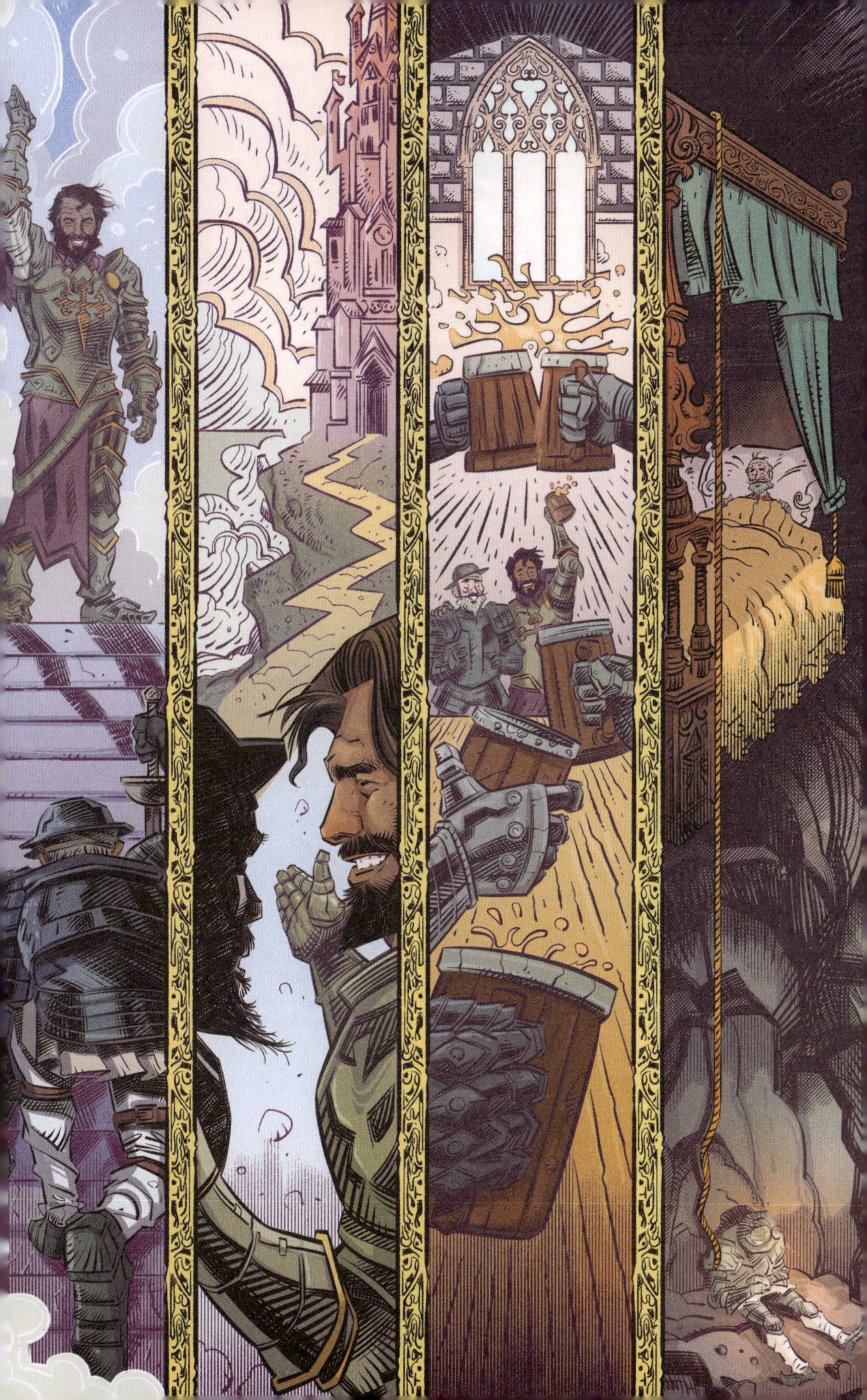

— AINDA BEM QUE NÃO ME PUXOU ANTES. FORAM DIAS MARAVILHOSOS!

— DIAS?!

— MAS NÃO SE PASSOU NEM UMA HORA, SENHOR!

— NÃO DIGA SANDICES, SANCHO!

— ENCONTREI O PRÓPRIO MONTESINOS!

— E O QUE ELE DISSE?

— VENHA! NO CAMINHO LHE CONTAREI TUDO.

ENTÃO, O SENHOR FICOU TRÊS DIAS?
SIM.
E TRÊS NOITES?
SIM.
DESCULPE-ME, SENHOR, MAS NÃO SE PASSOU MAIS DE UMA HORA.
LÁ ME VEM VOCÊ NOVAMENTE COM ESSA HISTÓRIA! ESTÁS LOUCO!
VAMOS REPOUSAR AQUI NESTA NOITE. ACENDA A FOGUEIRA.

PARECE-ME QUE DEMOS SORTE NESTA NOITE!
ENTREGUE-NOS TUDO OU PAGARÃO COM A VIDA!
QUEM OUSA TENTAR ROUBAR DOM QUIXOTE DE LA MANCHA?
DOM QUIXOTE, O CAVALEIRO?
PERDOE NOSSOS MODOS!
PENSAMOS SE TRATAR DE ALGUM NOBRE DE POSSES. SOU ROQUE GUINART, LÍDER DO BANDO.
TRAGAM VÍVERES, COMPANHEIROS! VAMOS CEAR ESTA NOITE COM UM DOS NOSSOS MAIS ILUSTRES HERÓIS!
É MUITO GENTIL DE SUA PARTE.
ESTÃO INDO PARA BARCELONA? A CIDADE INTEIRA ESTÁ EM FESTA. TENHO AMIGOS LÁ QUE ADORARIAM CONHECÊ-LO!
A MIM SERÁ UM PRAZER!

— LEVEM-NO DIRETAMENTE À CASA DE DOM ANTONIO MORENO. EU IREI À FRENTE PARA AVISÁ-LO DA VOSSA CHEGADA.

— SENHOR, NÃO PARECE ARRISCADO JUNTAR-SE A TÃO ESTRANHA COMPANHIA?

— DE FORMA ALGUMA! MEU JULGAMENTO NUNCA ERRA E POSSO AFIRMAR QUE GUINART É UM BOM HOMEM.

— MAS IRIAM ROUBAR-NOS.

— E MUDARAM DE IDEIA AO SE VEREM FRENTE A UM CAVALEIRO, O QUE PROVA A BOA ÍNDOLE DO BANDO!

— CHEGAMOS!

DOM QUIXOTE! É UMA HONRA RECEBÊ-LO!
A HONRA É TODA MINHA, DOM ANTONIO.
GUINART AVISOU-ME A TEMPO DE LHE PREPARARMOS UM PEQUENO DESJEJUM!
SENHOR, ESTAMOS NO PARAÍSO?
TENHA MODOS, INSOLENTE!
SUAS AVENTURAS SÃO FAMOSAS EM TODA BARCELONA!
ESSA FAMA NOS SALVOU DE UM ASSALTO NA NOITE ANTERIOR.
PERDOE O MAL-ENTENDIDO! TENHO CERTEZA DE QUE NÃO LHE FIZERAM MAL ALGUM.
ISSO É BEM VERDADE.

MAS O QUE FAZES DA VIDA, DOM ANTONIO, PARA MANTER TÃO GRANDE OPULÊNCIA?
COMPRO AQUI, VENDO ALI, CONVERSO COM TODOS. ESSE É O SEGREDO DA MINHA RIQUEZA.
VAMOS CONHECER A PROPRIEDADE.
VENHA, SANCHO!
MAS JÁ?
SEI QUE ÉS AMANTE DE UMA BOA AVENTURA E DE MISTÉRIOS INEXPLICÁVEIS, DOM QUIXOTE.
NADA MAIS PRÓXIMO DA VERDADE, SENHOR!
POIS NESTA NOITE, DURANTE A FESTA QUE HUMILDEMENTE LHE OFEREÇO, O APRESENTAREI A UM GRANDE MISTÉRIO!
FESTA?
E QUE MISTÉRIO SERIA ESSE?
AGUARDE E VERÁS!

— DESCULPEM, BELAS DAMAS, MAS NÃO POSSO DANÇAR COM QUALQUER UMA DE VOCÊS! MEU CORAÇÃO PERTENCE À DULCINEIA DEL TOBOSO!

— HI! HI! HI!

— ESPERO QUE ESTEJA DE SEU AGRADO NOSSA SINGELA FESTA, MEU AMIGO!

— ESTÁ TUDO MUITO APRAZÍVEL, DOM ANTONIO!

— POIS QUERO LHE APRESENTAR O MAIOR MISTÉRIO DE TODA A ESPANHA!

— VAMOS, SANCHO!

— DE NOVO?

AQUI ESTÁ!
FABRICADA POR UM FEITICEIRO POLACO, ESTA CABEÇA É CAPAZ DE RESPONDER A QUALQUER QUESTIONAMENTO QUE LHE FIZEREM! MOSTRE-LHES, QUERIDA.
DIGA-ME: MEU MARIDO CONTINUARÁ RICO?
ENQUANTO DOM ANTONIO CONTINUAR NO CAMINHO DA VIRTUDE, SUA RIQUEZA SÓ AUMENTARÁ!
QUE PRODÍGIO!

O QUE ACONTECEU EM MONTESINOS FOI VERDADE OU SONHO?
SOBRE MONTESINOS MUITO AINDA HÁ DE SER DITO, TANTO NO REAL QUANTO NO SONHO!
E EU? SEREI GOVERNADOR?
TU NÃO GOVERNAS NEM A PRÓPRIA VIDA, COMO HÁ DE GOVERNAR O RESTO?
HÁ! HÁ! HÁ! HÁ! HÁ! HÁ! HÁ! HÁ! HÁ! HÁ! HÁ!
HÁ! HÁ! HÁ! HÁ! HÁ! HÁ! HÁ! HÁ!

FOI UMA BELA RECEPÇÃO, DIGNA DE UM CAVALEIRO COMO EU!

A COMIDA ESTAVA MARAVILHOSA!

MAS CONFESSO QUE NADA ME AGRADOU AQUELA CABEÇA ENXERIDA!

SE ASSIM O DIZES!

PARA ONDE AGORA, MEU SENHOR?

PARA ONDE O VENTO APONTAR!

MAS O QUE É AQUILO? SERÁ QUE MEUS OLHOS ME ENGANAM?

ÉS TU, DOM QUIXOTE, A QUEM CHAMAM CAVALEIRO DA TRISTE FIGURA?

— SOU QUIXOTE, AQUELE QUE AGORA É CONHECIDO COMO CAVALEIRO DOS LEÕES. E TU, QUEM ÉS?

— O CAVALEIRO DA BRANCA LUA!

— AQUELE QUE O DERROTARÁ!

— E POSSO SABER SOB QUAL PRETEXTO PRETENDE DESAFIAR-ME?

— AFIRMO QUE MINHA AMADA, SEJA LÁ QUEM FOR, É MUITO MAIS FORMOSA QUE TUA DULCINEIA DEL TOBOSO.

— ORA... SEU... SEU...

— ÀS ARMAS!

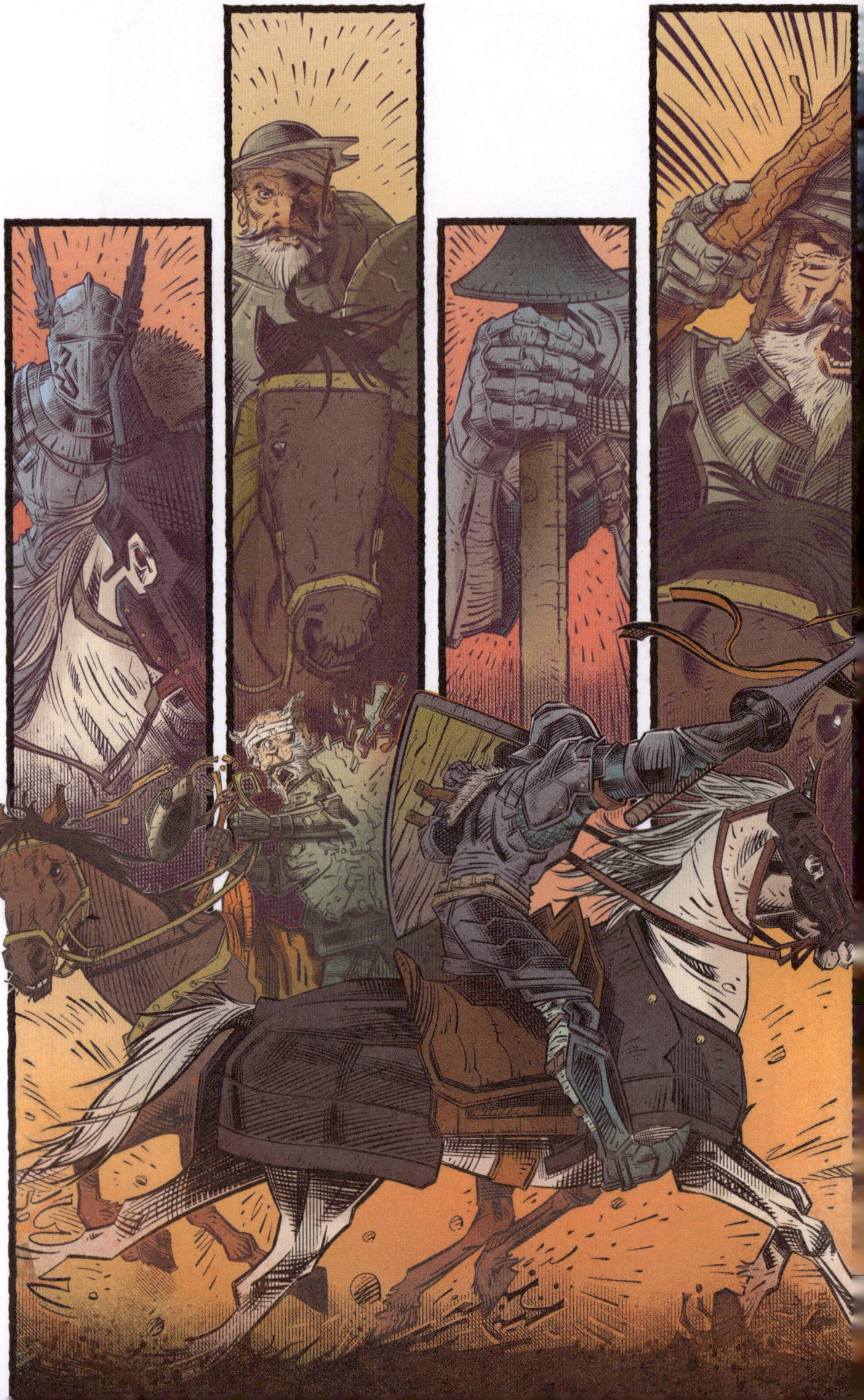

— ADMITA A DERROTA, QUIXOTE!

— JAMAIS ADMITIREI QUE EXISTA UMA DAMA MAIS FORMOSA QUE DULCINEIA.

— PREFIRO QUE TIRE-ME A VIDA!

— NÃO PRECISAMOS CHEGAR A TANTO. MAS, COMO VITORIOSO DA CONTENDA...

— ...CONDENO-TE A VOLTAR A LA MANCHA E POR LÁ FICAR DURANTE UM ANO, AFASTADO DA CAVALARIA.

— ESSA É A MINHA SENTENÇA!

— SENHOR CAVALEIRO! SENHOR CAVALEIRO!

— GOSTARIA DE AGRADECER-LHE POR TER POUPADO A VIDA DO MEU MESTRE.

— AQUIETE SEU CORAÇÃO, SANCHO.

— SOU EU! SANSÃO CARRASCO!

— MAS... POR QUÊ? COMO?

— ERA A ÚNICA MANEIRA, SANCHO.

DOM QUIJANO ENLOUQUECEU! DESAFIAR LEÕES?

ENTÃO, O SENHOR SOUBE?

METADE DA ESPANHA JÁ O SABE!

A ÚNICA MANEIRA DE EVITAR UMA TRAGÉDIA FOI LUTAR COM AS MESMAS ARMAS DE DOM QUIJANO!

AGORA, SUA HONRA O OBRIGARÁ A VOLTAR A LA MANCHA, ONDE PODEREMOS CUIDAR DELE.

ATÉ BREVE, SANCHO!

ACABOU, SANCHO.
O QUE ACABOU, MEU SENHOR?
NOSSAS AVENTURAS, OS DESAFIOS E OS ENCANTAMENTOS. TUDO ACABADO.
PERDOE-ME NÃO TER-LHE FEITO GOVERNADOR.
TALVEZ AINDA POSSAMOS SER PASTORES EM LA MANCHA, SENHOR.
PARECE-ME UMA ÓTIMA IDEIA, AMIGO.
VAMOS. É UM LONGO CAMINHO DE VOLTA.

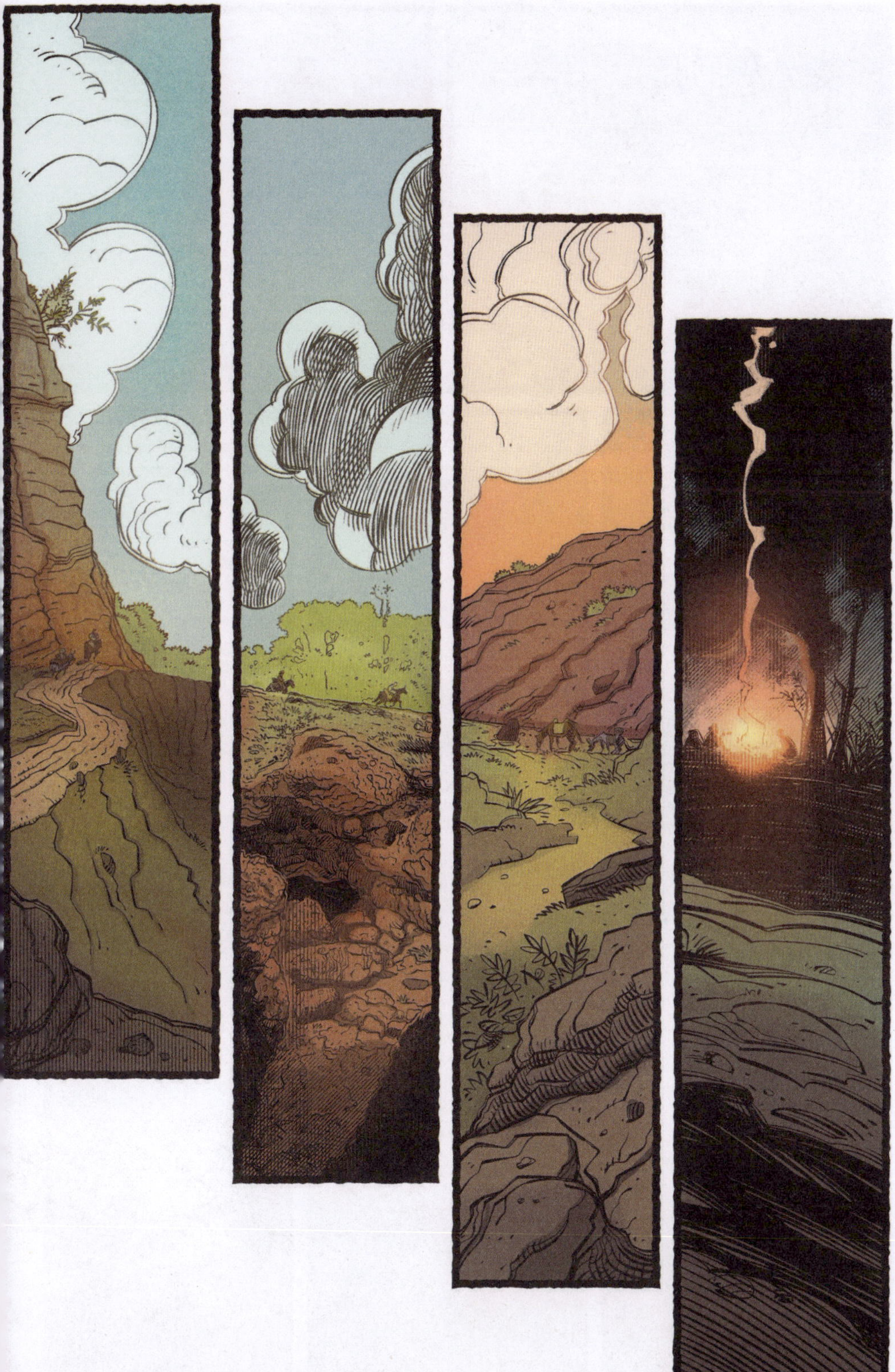

QUIXOTE!
QUIXOTE!
QUIXOTE!
QUIXOTE!
QUIXOTE!
VÁ PARA O CONFORTO DE SUA CASA, MEU QUERIDO AMIGO. EU FICAREI BEM.
TIO, O SENHOR ESTÁ MUITO FRACO.
SÓ PRECISO DESCANSAR UM POUCO, QUERIDA.
APENAS DESCANSAR UM POUCO...

— O QUE ELE TEM?

— SEU TIO SOFRE DE PROFUNDA MELANCOLIA. CREIO QUE NADA MAIS PODEMOS FAZER.

— QUERIDA...

— CHAME TODOS OS MEUS AMIGOS. E TAMBÉM O TABELIÃO.

— TENHO ALGO MUITO IMPORTANTE PARA FALAR-LHES.

QUERIDOS AMIGOS, NÃO ME RESTA MUITO TEMPO.
GOSTARIA DE DIZER A TODOS QUE DURANTE MUITO TEMPO ESTIVE ENLOUQUECIDO...
MAS, AGORA, GOZANDO DO MAIS PERFEITO JUÍZO, GOSTARIA DE ME DESCULPAR COM TODOS VOCÊS, A QUEM ARRASTEI À MINHA LOUCURA.
PRINCIPALMENTE A SANCHO, A QUEM A VIDA PUS EM PERIGO TANTAS VEZES.
A VOCÊ, LEAL AMIGO, DEIXO TODO O MEU DINHEIRO E MEUS BENS PESSOAIS. E LHE DARIA UMA ILHA, SE PUDESSE.

À MINHA SOBRINHA DEIXO MINHA CASA, MAS COM A CONDIÇÃO DE QUE ELA NUNCA SE CASE COM UM ENTUSIASTA DA CAVALARIA COMO EU.

E, AGORA, UM ÚLTIMO E NÃO MENOS IMPORTANTE DESEJO...

O MUNDO TODO CONHECEU AS AVENTURAS DO FIDALGO DOM QUIXOTE DE LA MANCHA...

...MAS EM MEU DERRADEIRO DESCANSO, QUERO QUE CONSTE APENAS AQUILO QUE, EM VERDADE, FUI...

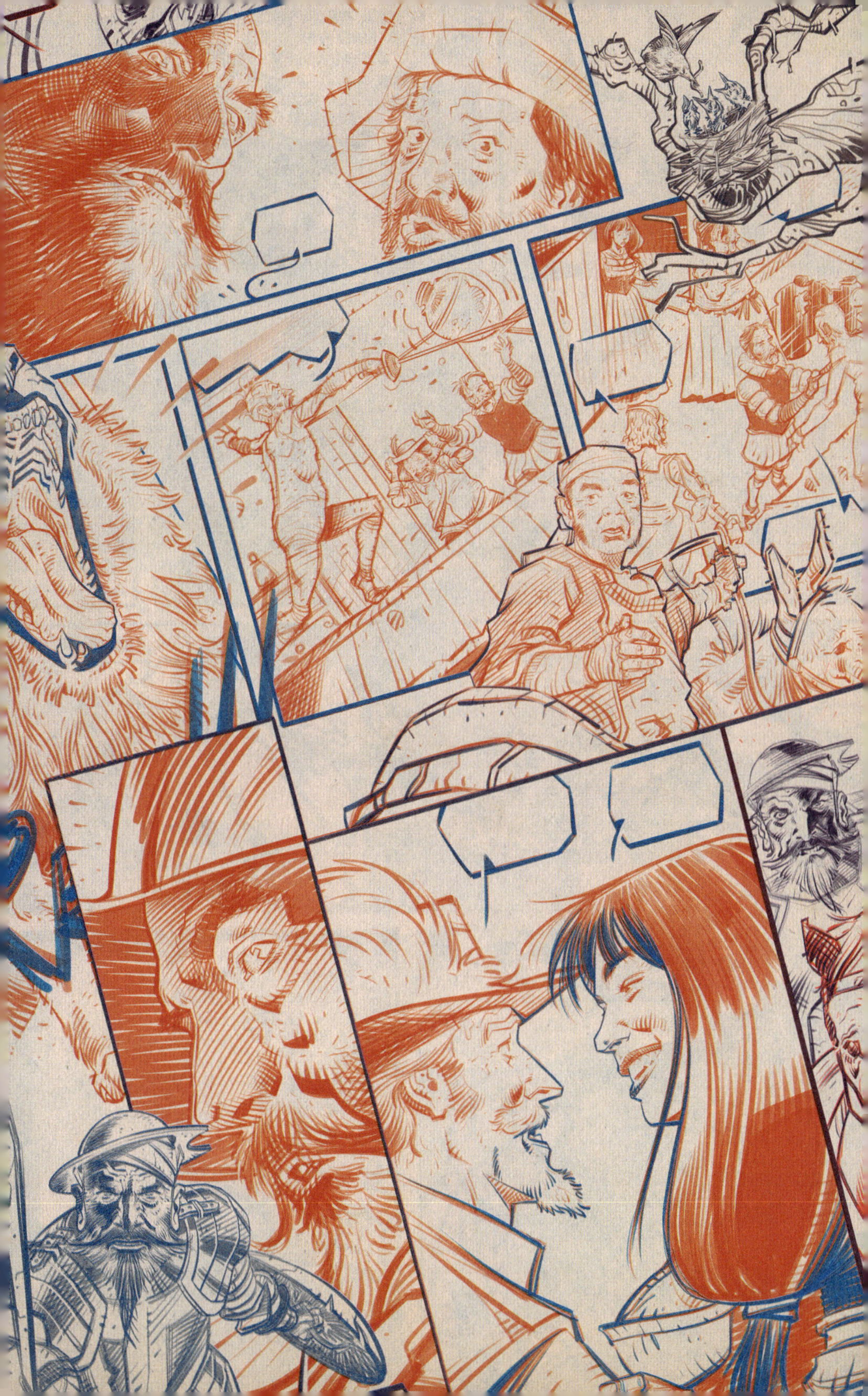

LILLO PARRA
Roteiro
Nasceu em São Paulo, capital, em 1972 e é roteirista de quadrinhos. Começou sua carreira em 2011 e entre seus principais trabalhos destacam-se: *João Verdura e o Diabo, Amantikir, O Cramulhão e o Desencarnado, La Dansarina* (Troféu HQMIX de Roteirista e Edição Especial Nacional), *Descobrindo um Novo Mundo* (PNLD 2020), *Sonho de uma noite de verão* (PNBE 2012) e *A tempestade* (Troféu HQMIX Adaptação para Quadrinhos). Para Principis, escreveu a adaptação de *O Corcunda de Notre Dame*.
Instagram: @lilloparra.hq

SAMUEL BONO
Desenho e arte-final
Professor de desenho na HQ em FOCO, ilustrador em agências de publicidade e no mercado editorial. Criador do Bucha, super-herói de Itaquera, publicado no Zine Subterrâneo. Participou da revista *Areia Hostil*, das tiras do Homem-Grilo, das coletâneas *O Rei de Amarelo* e *O Despertar de Cthulhu*. Pelo selo Zapata Edições publicou em: *São Paulo dos Mortos, Pelota, Archimedes Bar, Zémurai, Nanquim Descartável* e lançou um Artbook. Pela Principis, ilustrou a adaptação de *O Corcunda de Notre Dame*.
Instagram: @samuel_bono

LAÍS BICUDO
Cor
Formada em Artes Visuais com ênfase em Design pela PUC de Campinas, é ilustradora freelancer, trabalha para o mercado editorial e de entretenimento. Já ilustrou livros infantis para as editoras: Ciranda Cultural, Saber, Apis, Scriba e Editora do Brasil. Atua também como colorista de quadrinhos: *Nerver Die Club, Contos dos Orixás, Frankenstein em Quadrinhos* (Principis), entre outros. Co-organizadora do evento ELAS, junto com a Luiza Bonon e Veronica Cristoni.
Instagram: @laisbicudo

DANIEL ESTEVES
Edição
Roteirista, editor e professor de HQs, criador do selo Zapata Edições. Escreveu: *Último Assalto, Sobre o tempo em que estive morta, Por mais um dia com Zapata, Fronteiras, KM Blues, São Paulo dos Mortos, Nanquim Descartável, O louco a caixa e o homem, A luta contra Canudos*, entre outras. Recebeu o HQMIX em 2020 de roteirista nacional.
Instagram: @zapata.edicoes